Herausgegeben von
Claudia Stursberg

Begegnungen
Begegnungen

Erinnern und Schreiben
im Voralbland 2

Herausgegeben von
Biografien Claudia Stursberg
© bei den Autorinnen
Bad Boll Dezember 2014
www.claudia-stursberg.de

Alle Fotos stammen aus dem Privatbesitz der Autorinnen.

Umschlaggestaltung, Illustration, Umbruch:
Martin Röpcke
Esslingen
martin.roepcke@posteo.de

Herstellung und Verlag:
BoD – Books on Demand, Norderstedt
ISBN 978-3-7347-3061-0

Begegnungen

„Derf i dei Dogga au a mol agucka?"
Fragt der freundliche Nachbar das Kind mit dem Puppenwagen – und fährt dann erschrocken zurück …

Wer schreibt hier? Wir alle leben in oder nahe bei Bad Boll,
sind ganz verschieden und begegnen doch den gleichen
Themen: Familie, Spiel, Wärme und Kälte außen und in-
nen, Elemente, Sinne …
Ein weiteres Jahr haben wir gemeinsam geschrieben - und
Hindernisse weggeschafft, die dem Schreiben im Wege ste-
hen.
Unser Ziel? So schreiben, dass auch andere es gern lesen.
Die Vorlese-Runden bringen Überraschungen. Was steckt
alles in der netten älteren Dame, was hat sie in ihrer Ju-
gend angestellt, soso …
Kann man Erinnerungen wieder beleben? Der Blick in die
Schreibwerkstatt (im letzten Kapitel) zeigt die Fülle von
Ideen, die aus einer Aufgabenstellung entstand. Eine der
hier versammelten Geschichten stammt aus diesem Brain-
storming.
Einen herzlichen Dank sage ich den Autorinnen für das
kreative Miteinander!

Bad Boll im November 2014
Claudia Stursberg

Inhaltsverzeichnis

Die Tür

Ich bewundere kleine Kinder. Wie unermüdlich üben sie, sich sicher zu bewegen, an einen anderen Ort zu gelangen und mit ihren Händen immer mehr zu erreichen!

Luscha ist anderthalb, sie kann schon laufen, ist aber noch nicht ganz sicher auf den Beinen. Sie geht auf eine geschlossene Tür zu.

Sie weiß schon, ohne das sagen zu können, dass die Klinke das Entscheidende ist. Nun streckt Luscha sich immer mehr, um an sie heranzukommen. Vergeblich, die Klinke ist zu hoch.

Luscha streckt sich noch einmal, winkt ein bisschen mit den Fingern und versucht, sich auf die Zehen zu erheben, aber das bringt sie sehr ins Schwanken. Fast wäre sie hingefallen, aber Luscha ist ein vorsichtiges Kind, sie hat das Risiko genau abgeschätzt.

Wie es nun weitergeht, hängt davon ab, ob das eine erlaubte oder eine verbotene Tür ist. Im ersten Fall schaut Luscha sich hilfesuchend um und sagt:

„Auf!"

Sie schaut denjenigen an, von dem sie am wahrscheinlichsten Hilfe bekommt. Die Mama? Oder eins der größeren Kinder?

Hat ihr jemand die Tür geöffnet, fasst sie das dicke Holz fest mit einer Hand und bewegt es ganz vorsichtig. Dabei in jedem Moment das Gleichgewicht suchend, beobachtet sie genau, wie und wohin sich die Tür bewegt. Luscha tastet intensiv, wie sich das anfühlt, und wie leicht oder schwer sich die Tür bewegt.

Ihre Schwester Mila hat das anders gemacht. Sie rannte überall mit dem Kopf dagegen; sie zog kräftig an der Tür, um sie so schnell wie möglich zu öffnen, und wurde von ihr umgeworfen – dann wusste sie Bescheid.

Nun kann Luscha einen ersten Blick hinter die Tür tun. Mit einem unglaublich wachen, aufmerksamen Blick, der Körper jederzeit bereit zum Zurückweichen, ein kurzer Blick zurück zur Mutter, um zu sehen, wie sie das Ganze beurteilt – und weiter geht die Forschungsarbeit, niemand leitet sie an, niemand schlägt ihr ein Experiment vor oder fragt: „Was ist denn eine Tür?" Diese Frage trägt sie ohne Worte in sich, und ihr ganzer Körper, ihr Wollen und Wahrnehmen ist auf diese Frage hin orientiert, die ihr gesamtes Handeln in diesem Moment bestimmt.

Es kommt der Tag, an dem Luscha selbst an die Klinke herankommt. Zuerst berührt sie sie nur leicht mit den

Fingerspitzen. Ein erfreuter Blick: Hat es jemand gesehen?

Einige Zeit später reckt sie sich immer noch ein bisschen und noch ein bisschen — und kann die Finger auf die Klinke legen. Sie rutschen ab. Aber beim zweiten Mal drückt sie im richtigen Moment, rutscht wieder ab — aber die Klinke hat sich bewegt, das Schloss freigegeben und ist gleich wieder zurückgeschnappt.

„Auf Dür!" ruft Luscha und öffnet die Tür.

Ich fand es immer unfair: Am selben Abend schrauben die Eltern alle Türklinken in der Wohnung ab und andersherum wieder an. Die Klinken zeigen nun nach oben und Luscha kann die Türen nicht öffnen. Zuerst schaut sie sich hilfesuchend nach den Eltern um. Dann merkt sie, es war Absicht.

Wie es nun weitergeht, hängt von Luschas Temperament ab. Ruft sie so lange ihre Empörung heraus, bis die in Gebrüll übergeht? Sucht sie sich eine andere Herausforderung und vergisst die Tür? Guckt sie traurig immerzu die Türklinke an? Wartet sie geduldig, bis sie noch größer ist?

Hoffentlich hört sie trotz des ungünstigen Signals nicht auf mit dem Erforschen ihrer Umgebung.

Juliane F.

Auch im Zeitalter der elektronischen Datenerfassung bewahre ich ganz altmodisch Karten mit Adressen und Telefonnummern in einem kleinen Kasten auf. Er quillt regelmäßig über, zweimal im Jahr sortiere ich das aus, was nicht mehr aktuell ist. Bei der letzten Durchsicht hielt ich eine Visitenkarte in der Hand, die schon lange nicht mehr hinein gehörte. Ich hatte mich nie entschließen können, sie zu entsorgen.

Tom Weidner steht da, *Vice-President Marketing*, und auf der Rückseite hat Tom handschriftlich seine private Adresse und Telefonnummer notiert. Der Tag, an dem ich ihn traf, liegt sicher zwanzig Jahre zurück und doch ist er mir in Erinnerung geblieben, als sei es letzte Woche gewesen. Damals reiste ich zu einer Tagung nach Phoenix in die USA. Da nur vier Tage für die weite Reise vorgesehen und dabei acht Stunden Zeitunterschied zu bewältigen waren, hatte mir die Firma ausnahmsweise einen Flug in der Businessclass genehmigt.

Erwartungsvoll stand ich am Frankfurter Flughafen, zum ersten Mal sollte ich in den Genuss der gehobenen Klasse kommen. In der Schlange vor der Sicherheitskontrolle fiel mir ein sehr großer, sportlich aussehender, braungebrannter Mann auf. Draußen war Herbst, die anderen Passagiere und ich waren in Mäntel und Jacken gehüllt, der Mann trug lediglich ein blütenweißes offenes Hemd. Als Handgepäck führte er einen Bogen mit sich, so hoch wie er selbst, dazu buntgefiederte Pfeile, die ihn einen halben Meter überragten. Undenkbar, solche Teile heute mit in die Kabine zu nehmen. Er zog die Blicke auf sich, und ich merkte, wie sich Vorurteile bei mir einschlichen, Angeber, dachte ich, so aufzufallen.

Das Flugzeug war ein Jumbo Jet, die Businessclass erreichte man über eine Wendeltreppe und saß im ersten Stock über den „normalen" Passagieren. Richtig familiär war es da oben, nur etwa 20 Plätze, sehr bequeme Sessel mit viel Beinfreiheit. Ich machte es mir auf meinem Platz am Fenster bequem, langsam füllten sich die Reihen. Der Platz neben mir blieb leer. Ich freute mich darüber, so würde ich auf der langen Reise meine Ruhe haben. Ließ mich in den Sessel sinken und schloss die Augen. Kurz darauf öffnete ich sie wieder und sah den „Angeber" zielstrebig auf den Platz neben mir zusteuern.

Also doch ein Nachbar, und dann noch dieser ...

Er ließ sich neben mir nieder, und kurz darauf hoben wir ab. Ohne den Kopf zu wenden, riskierte ich einen Blick aus den Augenwinkeln nach rechts. Trotz der auffallenden Aufmachung einfach ein schöner Mann, musste ich mir eingestehen. Volle mittelblonde, lockige Haare, ein fast klassisches Profil, blaue Augen, Lachfältchen. Vermutlich hatte er den Blick trotz meiner Vorsicht doch bemerkt oder auch gespürt - er wandte den Kopf.

„*Tom. Nice to meet you*", stellte er sich mit der amerikanischen Standardfloskel vor. Zunächst antwortete ich knapp und nicht übermäßig begeistert. Aber sein aus den Augen sprühender Charme war so umwerfend, dass ich mich bald geschlagen gab. Er erzählte von seinem Afrika-Urlaub und wie er den Kilimandscharo bestiegen hatte. Sein Flug aus Kenia war verspätet angekommen, und er hatte seinen planmäßigen Anschluss nicht erreichen können. Wahrscheinlich als Entschädigung für die Unannehmlichkeiten hatte man ihm den einzigen freien Platz in der Businessclass zugeteilt. Er war darüber selbst überrascht - und erfreut.

Nach dem Essen wollte ich mich mit meinen Arbeitsunterlagen beschäftigen; er hatte ein Buch in der Sitztasche vor sich stecken. Ich konnte den Titel lesen - *The Road Less Travelled*, klang ganz interessant und irgendwie esoterisch. Es war die Zeit der Selbsterfahrungsgruppen und Psycholiteratur für Laien, da passte es wohl rein. Aus dem Arbeiten wurde nichts, und er kam auch nicht zum Lesen. Es ergab sich einfach so, wir unterhielten uns lebhaft. Nie vorher und nie wieder ist mir ein langer Flug so kurz vorgekommen. Schneller als es uns beiden lieb war, stand die Zwischenlandung in Dallas bevor, Tom würde aus- und nach Houston umsteigen. Zum Abschied gab er mir seine Visitenkarte und legte noch einmal seinen ganzen Charme in ein letztes Lachen:

„Melde dich unbedingt, wenn du mal nach Houston kommst, ich zeige dir dann die Stadt".

Mit leiser Wehmut sah ich ihm nach. Ich bin nie in Houston gewesen, und wenn ich je dorthin geflogen wäre, hätte ich ihn wohl nicht angerufen. *The Road Less Travelled* habe ich mir gleich gekauft, es steht heute noch in meinem Bücherregal, gelesen habe ich es nie.

Speisen mit Max

Mein erster Freund war ein Genießer. Wenn wir unsere langen schönen Spaziergänge in Oberschwaben machten, stand am Ende die Belohnung: Ein Besuch in einer Gastwirtschaft seiner Wahl. Lange konnte Max die Speisekarte studieren von vorne nach hinten und wieder zurück, bis er bedächtig seine Entscheidung fällte. Was ich wollte, wusste ich freilich schon nach einer Minute: Kässpätzle mit Salat. Die waren zum einen meistens billig, zum andern konnte die Küche mit dieser Bestellung wenig falsch machen.

Max musste nicht aufs Geld schauen. Er war Einzelkind und der ungekrönte Prinz seiner Eltern. In der Regel aß er feinstes Fleisch, oft mit einer Sahnesauce und einer besonderen Beilage. Es konnte vorkommen, dass sein Filet nicht *medium* war. Dann ließ er es zurückgehen und erhielt prompt ein neues.

Nach dem Essen belohnte er sich mit einer selbstgedrehten Zigarette. So gefiel er mir am besten, lässig und verwegen sah er dabei aus. Sein Bäuchlein war gefüllt, und zufrieden lehnte er sich zurück , den edlen

Bodenseewein in der anderen Hand, und zu einem geistvollen literarischen Gespräch mit mir aufgelegt. Er belächelte mich oft für meine Genügsamkeit und meinte: "Kässpätzle kannst du doch auch daheim essen!"

Manchmal kochte Max in unserer Frauen-WG. Das war immer ein Fest. Schon beim Einkaufen achtete er auf beste Qualität. In der Küche legte er sich dann eine Schürze um, damit sein Alpaka-Pulli keinen Schaden davontrug. In aller Ruhe machte er sich an die Vorbereitungen. Ohne Hektik oder gar Stress zelebrierte er das Kochen. Max nahm besondere Gewürze, er kannte einige Tricks und auch die normale Hausmannskost versah er mit einer besonderen Note. Bei ihm ging Liebe durch den Magen. Stets deckte er den Tisch sorgfältig und stellte eine Kerze in die Mitte. In seiner Wohnung lag immer eine schöne Stoffdecke auf dem Tisch. Man speiste mit Silberbesteck und verwendete Stoffservietten, die durch einen Ring gehalten wurden. Das hatte ich als Bauernmädchen noch nie zuvor gesehen.

Max gefiel sich in der Rolle, mir etwas Kultur und Stil beizubringen. Manchmal fand ich sein Verhalten etwas überzogen. Bei uns daheim wurde gegessen, um anschließend wieder kraftvoll arbeiten zu können. Und nun war ich plötzlich mit einem Gourmet zusammen, der stundenlang Kochbücher studieren konnte.

Dankbar bin ich ihm heute noch, dass er mit mir oft Museen besucht und mich in die Welt der Kunst eingeführt hat. Mit ihm habe ich damals einige Länder bereist und erfahren, dass es nicht nur Oberschwaben gibt. Heute noch bereite ich die Fleischsauce so zu, wie er es mir vor vielen Jahren gezeigt hat. Auch sonst lebt er in meinem Herzen weiter als großer Sinnesmensch!

Szenen im Wasser

EMAILLESCHÜSSEL

Zu der dicken Kerze im Einmachglas stelle ich noch ein Teelicht auf den Rand unserer Badewanne und lasse mich langsam ins wohlige, zitronig duftende Badewasser gleiten. Vollkommen entspannt - mit geschlossenen Augen - in der Wärme - so muss es sich im Mutterleib angefühlt haben.

Geborgenheit und Ruhe.

Mein Vater war es, der mir die Geschichte meiner Geburt schilderte. Die Stunden waren für meine Mutter, für mich und die Hebamme besonders mühevoll. Es schien, als wollte ich trotz Hausgeburt den warmen, schützenden Mutterleib nicht verlassen. Die Hebamme musste einige höchst unangenehme Maßnahmen ergreifen, um mich endlich auf die Welt zu holen.

Meine Großmutter badete mich in einer Emailleschüssel, gefüllt mit lauwarmem Wasser. Trocken frottiert und in ein warmes Tuch gewickelt legte sie mich meiner erschöpften Mutter in den Arm.

Wie damals üblich, bereitete meine Großmutter danach eine Kalbshirnsuppe zu. Meine Mutter musste sie zur Stärkung essen. Mein Vater hat das nie vergessen, weil er von der Suppe nichts essen durfte ...

ZINKBADEWANNE

Samstags ist Badetag. Für uns Kinder stellt Mutter in der Küche ein Zink-Badewännchen auf den Schüttstein. Aus den Wasserhähnen kommt nur kaltes Wasser: Auf dem Holzherd wird es in einem großen Topf zum Kochen gebracht, in das Wännchen geschüttet und mit kaltem Wasser vermischt. Ich muss auf einen Hocker steigen, von dort auf den Schüttstein, dann in die Wanne. Mutter seift mich ab und gibt mir einen Waschlappen, mit dem ich meine Augen schützen kann. Mit Ei-Shampoo von Schwarzkopf bearbeitet sie meinen Kopf, bis sich eine große Schaumkrone gebildet hat. Mit dem *Wasserschäpfle* gießt sie so lange Wasser über mein Haupt, bis aller Schaum weggespült ist. Manchmal bekomme ich trotz des Waschlappens Schaum in meine Augen. Das brennt schrecklich, Haare waschen ist keine schöne Zeremonie.

Die Erwachsenen baden in einer größeren Zinkwanne. Sie wird ebenfalls in der Küche, jedoch auf dem Küchenboden, plaziert und mit warmem Wasser gefüllt. Der Reihe nach kann nun jeder Hausbewohner darin sitzen und baden. Ich habe leider nie gefragt, wie oft das Wasser dazwischen gewechselt wird ...

Die Eltern müssen ja jedesmal wieder auf dem Holzherd einen Topf Wasser heiß machen.

Nach dem Bad gibt es frische Unterwäsche, das fühlt sich gut an. Eingehüllt in ein Badetuch darf ich vor dem Zubettgehen eine Tasse Kakao und ein Butterweckle genießen. Das Weckle mit *dem Butter* oben drauf tunke ich in den heißen Kakao, bevor ich hinein beiße - ein Ritual, das ich liebe.

SOMMER

Dieselbe Zink-Sitzwanne der Erwachsenen findet sich sommers im Garten wieder. Früh am Morgen füllt Mutter sie mit kaltem Wasser, und bis zur Mittagszeit hat die Sonne das Wasser erwärmt - erst dann dürfen wir Kinder darin planschen. Ich lasse meine Hand immer wieder ins Wasser hängen, ob es sich schon lauwarm anfühlt.

Ein großes Badetuch wird auf der Wiese ausgebreitet, nach dem Planschen kuscheln wir uns darin ein. Und nun Spielen! Mein Großvater baut uns aus zwei Brettern - schräg gegeneinander gelehnt - ein *Holzzelt*. Mit einer Decke und den Sofakissen von Großmutter ist die Einrichtung perfekt.

Haben wir Hunger, pflücken wir in Omas Garten Tomaten, Erbsen, Beeren.

Sommertagesglück ...

FREIBAD 1955

An einem Sonntag nehmen meine Eltern mich nach Waiblingen in das neue Schwimmbad mit, mit etwa fünf Jahren kann ich noch nicht schwimmen. Die Attraktion ist ein Kinderbecken mit einer hohen Wasserrutsche. Wie magisch angezogen, gehe ich sofort darauf zu. Steige die Steintreppen hinauf und – gleite überraschend schnell abwärts. Keiner kann so genau sagen, wieso ich mit dem Kopf voran unten ankomme. Voller Panik zappele ich unter Wasser und schlucke viel. Mein Vater rennt erschrocken herbei, zieht mich aus dem Becken und schimpft fürchterlich mit mir, weil ich alleine zur Rutsche gegangen bin. Ich bin selbst schockiert - hatte mich doch so auf die Rutsche gefreut. Das Becken voll Wasser an ihrem Ende? War aus meinem Sinn entschwunden.

Seltsam: Meine Eltern machen im Schwimmbad noch ein Erinnerungsfoto mit mir und fahren mich erst dann nach Hause.

Von diesem Tag an habe ich panische Angst vor Wasser. Nie wieder gehe ich in dieses Freibad.

NICHTSCHWIMMERIN

Als Teenager kann ich noch immer nicht schwimmen und leide darunter. Die Schule bietet sommers anstelle von Turnunterricht eine Wanderung ins Freibad mit anschließendem „Schwimmunterricht" an, der ist jedoch ein fortgeschrittenes Training für gute Wassersportlerinnen. Wir Nichtschwimmerinnen - das sind alle Mädchen aus den Dörfern - hängen am Rand des

Beckens herum und versuchen, uns gegenseitig Schwimmbewegungen beizubringen.

Daheim lege ich mich öfter bäuchlings auf einen Küchenhocker und mache die Arm- und Beinbewegungen. Eigentlich gar nicht so schwierig - wenn nur das Wasser nicht wäre!

Einige Zeit später treffe ich mich mit einer sehr netten Clique, auch ein Vetter meiner Freundin ist dabei.

„Kommst du mit an den Ebnisee?"

„Was, ich? Hm, eigentlich schon gerne. Aber weißt du, dass ich nicht schwimmen kann?"

Er ist so ziemlich der beste Schwimmer von allen. Und ein wirklich guter Freund. Wir legen unsere Handtücher an einer Stelle ab, wo kaum jemand vorbei kommt. Hier ist das Wasser niedrig und lauwarm. Mit großer Geduld erklärt Rolf mir die Grundregeln des Schwimmens.

Und es geht! Anfangs gibt er noch Hilfestellung, indem er meine Hüften hält und im Wasser neben mir hergeht, während ich Arme und Beine bewege.

Irgendwann kann ich plötzlich zwei Schwimmzüge. Ohne Hilfestellung! Das Wasser ist so niedrig , dass ich bei Bedarf sofort Grund unter den Füßen habe. So verliere ich meine Wasserangst.

Ja, Rolf und ich fahren noch öfter an diese seichte Stelle - und ja, ich lerne dabei für den Anfang ganz ordentlich Schwimmen - und ja, wir haben uns ineinander verliebt ...

DER ELEFANTENFUSS VOM GRUND DES MEERES

Ich gehe gelassen vom warmen Sand ins kühle blaugrüne Meer. Nehme mit beiden Händen Wasser auf und benetze meinen von der Abendsonne gewärmten Körper, tauche langsam bis zu den Schultern ins kühle Wasser. Nun schwimme ich wie gewohnt Richtung Horizont.

Der orangeroten Abendsonne entgegen.

Schon nach dem ersten Schwimmzug spüre ich einen heftigen Schmerz in der Herzgegend und im Rücken. Es fühlt sich an, als ob ein riesiger Elefantenfuß aus der Tiefe nach mir tritt. Ich schwimme zügig weiter, das wird eine Verspannung im Rücken sein. Durch das Schwimmen wird sie sich lösen.

Weit vom Strand entfernt drückt der Elefantenfuß immer stärker. Ich halte an, trete auf der Stelle und überlege, ob ich den Surfer in der Nähe um Hilfe bitten soll. Aber schon ist er vorbeigeglitten. Hätte mich wohl auch nicht gehört. Am Strand sehe ich zwei Menschen sitzen - viel zu weit entfernt.

Ein seltsames, unbekanntes Angstgefühl ergreift Besitz von mir. Aber die Kraft verlässt mich nicht. Auf dem Rücken liegend kann ich ganz allmählich mit den Wellen ans Ufer treiben.

Meine Füße spüren den Kiesgrund im Wasser: Jetzt noch kurz von der Abendsonne trocknen lassen, und alles ist gut.

Auf dem Sand stehend wachsende Herz-Enge, plötzlich fühlt es sich an, als ob ein riesiges Netz über mich fiele. Todesangst.

Aber ich kann gehen. Irgendwie schaffe ich es noch bis zu unserem Zeltplatz, ich brauche Hilfe.

Wieder-Belebung ...

Spielen

Mein Großvater hat eine kleine Scheune, sie ist direkt
an das Wohnhaus gebaut. Im unteren Bereich bewah-
ren die Großeltern Gartengeräte und Fahrräder auf;
unter dem Dachstuhl gibt es einen eingezogenen
Holzboden. Dieser kleine Raum ist über eine kurze
Sprossenleiter zu erreichen, hier stehen Bohnenstan-
gen neben vielen Strohballen. Ich steige im Frühjahr
die kleine Leiter hoch, um zwischen dem Stroh nach
meinen allerliebsten Spielgefährten zu suchen. Es gibt
eine scheue, wild lebende Katze, die dort ihre Jungen
zur Welt bringt. Leider darf ich nur ein Kätzchen davon
behalten. Die anderen werden getötet, aber das erzählen mir meine Eltern natürlich nicht.
Ich liebe den Geruch des Strohs, der sich mit dem
Fellduft der Tiere vermischt. Meine kleine Anne-Mie -
so nenne ich das Kätzchen - ist bald nicht mehr scheu.
Sie lässt sich von mir mit einem Puppenfläschchen
Milch einflößen, ich habe einen roten Sauger über die
Öffnung gestülpt. Auch eine winzige Puppenkappe zie-
he ich dem Tierle über den Kopf und bette sie in mei-

nen Korbpuppenwagen. Sie schmiegt sich wohlig in das Kissen und wird von mir mit einer Decke zugedeckt. So führe ich die kleine weiß-rot gefleckte Katze spazieren.

Auch spiele ich wie andere Mädchen mit einer Puppe. Aber meine Puppe ist etwas ganz Besonderes. Ich nenne sie Nick Knatterton. Sein kleiner runder Kopf ist aus dicker Pappe geformt. Die Augen sind blau und aufgemalt, die Nasenlöcher rote Punkte. Aber das wundervollste für mich ist sein geöffneter Mund. Ich kann ihm mit dem Puppenfläschchen, mit dem auch Anne-Mie gefüttert wurde, jede Menge Milch einflößen. Ab und zu bekommt er auch einen Brei aus Sandmatsche oder kleine Obststückchen gefüttert. Nick Knatterton trinkt immer seine Fläschchen ordentlich aus. Ich habe das Gefühl, ein echtes Baby zu füttern und bin sehr glücklich mit ihm.

Sein Körper, seine Arme und Beine sind aus naturfarbenem Leinenstoff, das Innenleben besteht aus Holzwolle. Er hat eine gestrickte Hose und einen Pullover an. Ein Lätzchen aus weißem Stoff ist um seinen Hals gebunden.

Nick ist mein Ein und Alles.

Er darf mit Anne-Mie zusammen im Puppenwagen liegen, wenn ich sie spazieren fahre. Unser Nachbar fragt mich einmal, als ich an ihm vorbei flanieren will:

„Derf i Dei Dogga au a mol agucka?"

Stolz nicke ich und bleibe stehen. Herr Wensch beugt sich herunter, um in den Puppenwagen zu schauen und schreckt zurück. Mit etwas Lebendigem hat er nicht gerechnet. Neben Nick Knatterton liegt ja Anne-Mie. Er schüttelt den Kopf, brummelt etwas vor sich hin und verschwindet in seiner Scheune.

Eines Tages nimmt mich meine Großmutter in den Arm und sagt:

"Gitte, du hast doch sicher auch schon bemerkt, daß der Nick einen komischen Kopf bekommen hat?"

„Ja, er ist ein bißchen krank."

„Nein, du hättest ihn niemals mit Milch und Sandmatsche füttern dürfen. Er hat einen Kopf aus Pappe und einen Körper aus Holzwolle und Stoff. Das ist inzwischen alles feucht, es stinkt und verfault langsam. Ich denke, du solltest aufhören, mit ihm zu spielen."

Ich werde wütend auf Oma, schreie und heule.

Aber die Erwachsenen haben beschlossen: Nick Knatterton ist gestorben.

Ein kleines Begräbnis wird organisiert. Ich lege ihn in einen alten Schuhkarton, der mit einem Deckel verschlossen wird. Nick wird in einem kleinen Erdloch, am Rande von Omas Blumengarten, beerdigt. Mein Opa stellt ein kleines, selbst gezimmertes Holzkreuz auf.

Die folgende Zeit ist nicht einfach für mich. Das kleine Grab besuche ich täglich, um selbst gepflückte Blumen darauf zu legen. Meine einzige Puppe fehlt mir unendlich, und für eine neue ist kein Geld da.

Aber es gibt ja noch Anne-Mie. Nun führe ich sie alleine im Puppenwagen aus. Das kann ich allerdings nicht mehr lange machen. Zu rasch wird aus dem Babykätzchen eine ausgewachsene Katze. Sie entdeckt ihre Umgebung, und ihre Ausflüge werden länger.

Ich steige oft die Leiter zur Scheune hoch, aber sie wohnt nicht mehr dort.

Paula M.

1957 - Der erste Schultag

Meine Schwester und ich – friedlich vereint stehen wir eng beieinander und warten darauf, bis es *klick* macht. Wir sind beide aufgeregt, und mit uns etwa 50 Schüler der ersten und der zweiten Klasse.

Der Fotograf mit seiner schweren Ausrüstung ist extra aus der Kreisstadt Biberach gekommen. Er fotografiert natürlich in Schwarz-weiß, aber ich erinnere mich genau an unsere Kleidung: mein Sonntagskleid und darüber eine bunt gemusterte Schürze, um das gute Stück zu schonen. Die hellrosa handgestrickte Weste, (die war so mollig weich und warm!) ist an den Ärmeln zu kurz. „Herausgewachsen" nannte man das. Meine Zöpfe sind im Vergleich zu denen meiner Schwester noch etwas mager. Jahrelang wird es so bleiben, dass sie die schöneren Haare hat.

Aber die Schleife auf meinem Kopf sitzt perfekt, während die meiner Schwester etwas unnordentlich aussieht. Auch die Kordel an ihrer Weste ist nicht richtig zugebunden. Die Schwester war damals sehr stolz auf ihr neues Kleid mit dem schmucken weißen Kragen. Es stammte aus dem neuen Quelle-Katalog. Seit ich mich erinnern kann, war im Winter immer die Näherin ins Haus gekommen und hatte für die ganze Familie Kleider, Blusen, Röcke genäht, auch die warmen Flanellhemden für meinen Vater. Und nun hielten die dicken Kataloge von Quelle und Neckermann Einzug und machten der Näherin Konkurrenz.

Ich betrachte wieder das Foto und erinnere mich, was danach kam.

Beobachtet von vielen Kinderaugen, stehen wir beide vor der Schule und zeigen unser schönstes Lächeln. An der Wand des Schulgebäudes befestigt der Fotograf

noch schnell ein paar grüne Tannenzweige, um den Hintergrund zu verschönern. Nach der Foto-Aktion werden die Erst- und die Zweitklässler gemeinsam in das oberste Stockwerk gehen, wo bereits die Lehrerin Fräulein Müller wartet, eine große, stämmige Frau Mitte Zwanzig.

Sie war eine resolute Respektsperson. Ich hatte manchmal Angst vor Fräulein Müller, sie sprach sehr laut und strahlte überhaupt keine Wärme aus. Im Sommer schauten wir Kinder fassungslos auf ihre nackten, stark behaarten Beine. Wanderten unsere Blicke höher in ihr Gesicht, dann blieben sie an ihrer Oberlippe hängen. Darüber wuchs nämlich ein dunkler Damenbart.

Störte ein Kind den Unterricht, griff sie an sein Ohr und drehte es gewaltsam um. Jeden Morgen, gleich in der ersten Stunde, übte Fräulein Müller mit uns das Kopfrechnen. So begann fast jeder Tag für mich mit Herzklopfen und Schweißausbrüchen. Ihre Methode, mehrere Rechenarten miteinander zu verknüpfen, brachte auch andere Kinder in Bedrängnis. Da fragte sie zum Beispiel laut tönend:

"Fünf und acht, weg zwei, mal vier, geteilt durch zwei - wieviel ist das?"

Fast alle in der Klasse wedelten mit den Händen und wollten das Ergebnis bekannt geben. Ich streckte meinen Finger auch hoch, obwohl ich das Ergebnis meistens gar nicht wusste. Der rechnerische Vorgang verlief einfach zu schnell für mich. So musste ich lange Zeit immer wieder mit meiner Schummelei und einem schlechten Gewissen leben, das belastete meine Kinderseele sehr.

Wenn ich heute dieses Foto, den erwartungsvollen Kinderblick betrachte, möchte ich am liebsten das kleine Schulkind umarmen und es trösten für den Kummer, der ihm auch in späteren Schuljahren zugefügt wurde. Zum Glück hatte das Mädchen immer gute Freundinnen an seiner Seite - und die Natur als große Heilerin.

Paula M.

Zu Fuß

In meiner Kindheit war es ganz normal, die täglichen Wege zu Fuß zu gehen. Wir besaßen noch kein Auto, aber dafür mehrere alte Fahrräder. Kinderfahrräder gab es nicht, und ich hatte Probleme mit dem großen, sperrigen Damenfahrrad. So lief ich die etwa zweieinhalb Kilometer zur Schule zu Fuß, und meistens mit großem Vergnügen. Was gab es da nicht alles zu sehen!

Wir gingen stets in der Gruppe. An Bauernhöfen kamen wir vorbei, dort liefen uns die Hunde bellend nach. Beim Bauer Wieland ärgerten wir jedes Mal die freilaufenden Gänse, die uns aggressiv schnatternd viele Meter weit verfolgten.

Im Winter schlitterten wir auf dem spiegelglatten Eis des Dorfbachs bis zur Schule. Regelmäßig kamen wir an einem alten Haus vorbei, das direkt am Bach lag. Mit eigenen Augen konnten wir fast täglich verfolgen, wie eine ältere Frau den Inhalt des Nachttopfes auf die gefrorene Wasserfläche kippte. Das erzeugte in uns große Ekelgefühle.

Manchmal spielten wir auch Fangerles. Beim Versuch, uns gegenseitig zu packen, fanden wir uns öfter auf dem Hosenboden sitzend wieder. Blaue Flecken waren an der Tagesordnung.

Und weil sich auf diesem interessanten Weg so viel ereignete, kamen wir im Winter oft zu spät in den Unterricht. Zur Strafe gab es vom Lehrer die berühmte „Tatze", einen schmerzhaften Stockschlag auf die geöffnete Hand.

Auf dem Heimweg ging es schneller, weil der Magen grummelte und das Mittagessen lockte. Aber auch da wurden wir öfter aufgehalten. Schnell noch beim Dorfschmied vorbeischauen, der in seiner rauchgeschwärzten, dunklen Werkstatt gerade ein Pferd beschlug. Neugierig dem Dorfbüttel zuhören, der mit dem Fahrrad durch die Hauptstraße fuhr, immer wieder mal anhielt und wichtige Mitteilungen laut schreiend bekannt gab wie zum Beispiel:

„Heute Mittag wird um 15 Uhr das Wasser abgestellt!"

Jedes Mal ließ er dabei kräftig seine Schelle ertönen, und automatisch gingen dann die Fenster auf, oder die Menschen strömten auf die Straße. Ein Mitteilungsblatt oder andere Informationswege wie heute gab es noch nicht.

Die Ausflüge in den ersten Volksschulklassen führten in die nahe Umgebung, natürlich zu Fuß. Man mutete uns zu, zwei bis drei Stunden am Stück bei brütender Hitze zu wandern. Einmal liefen wir in der dritten Klasse auf den *Bussen*, einen in Oberschwaben bekannten Wallfahrtsort. Das bedeutete eine Tageswanderung von etwa 25 Kilometern hin und zurück. Dieser Ausflug wird mir immer in Erinnerung bleiben: Die Freude, diesen wichtigen Berg zu besteigen, die absolute Grenzerfahrung zu erleben und der Stolz, etwas so Großes gemeistert zu haben.

In Erinnerung bleibt mir auch ein Erlebnis im Hochsommer. Wir waren zur Getreideernte auf dem Feld. Ich hatte Namenstag - und große Lust auf ein Eis. Da spendierte mir meine Tante zwanzig Pfennige. Unser Dorfladen lag jedoch etwa vier Kilometer entfernt. Wo ein Wille ist, ist auch ein Weg – und so lief ich bei sengender Hitze ins Dorf, kaufte mir ein Vanilleeis, und ging den gleichen Weg wieder zurück. Die Sohlen meiner Schuhe waren voll mit geschmolzenem Teer. Aber das Herz hüpfte vor Freude über diesen grandiosen Ausflug zu Fuß.

Paula M.

Holzfeuer einst - und heute

Brrrrr ... Schon als Kind habe ich oft gefroren, war mager und dünnhäutig. Trotz mehrerer Kleidungsschichten drang im winterlichen Bauernhaus die Kälte durch alle Poren. So beeilte ich mich, in die Küche zu kommen, wo stets ein Feuer im Holzherd brannte. Erst abends bestückte dann einer von uns den Kachelofen im Wohnzimmer mit großen Holzscheiten, und bald wurde es mollig warm. Wenn Vater nach der Stallarbeit in die gute Stube kam, lehnte er sich an die gewärmten Kacheln und gab entspannte Töne von sich.

Als ich mit 23 Jahren dem Heimatdorf den Rücken kehrte und das erste eigene Zimmer bezog, gab es auch dort einen Holzofen. Mein Vater brachte mir im Herbst und über den ganzen Winter regelmäßig Holz, das wir in große Säcke verpackt mehrere Treppen bis ins Dachgeschoss hoch schleppen mussten. Wenn ich morgens erwachte, fiel mein Blick auf die Eisblumen am Fenster, das Frühstück nahm ich in eisiger Kälte ein. Von der Schule heimgekommen, heizte ich den Ofen ein und freute mich am Knistern und am Duft des brennenden Holzes. Das gab mir das Gefühl, daheim zu sein.

Später wohnte ich in mehreren WGs und Zimmern mit Gas-Zentralheizung. Anfangs genoss ich diesen Komfort - einfach nur den Regler aufdrehen - aber die Sinnlichkeit des Feuermachens war verschwunden. Einmal schaltete ich vor der weihnachtlichen Heimfahrt die Heizung ab, um Geld zu sparen. In dieser Zeit sank das Thermometer auf minus 20 Grad und als ich wieder in meine kleine Wohnung kam, waren alle die geliebten Pflanzen erfroren.

Nach der Familiengründung zogen wir in ein altes kleines Häuschen mit einem wunderschönen Garten. Die Heizung jedoch war eine Zumutung. Beim Betreten des Hauses schlug dem Besucher ein penetranter Ölgeruch entgegen. In jedem Zimmer stand ein kleiner Ölofen, den man per Knopfdruck in Gang setzte, dann floss Öl durch eine Steigleitung in die Wanne. Warf man einen brennenden Wachspapierstreifen in die kleine Öllache, entzündete sich das Feuer. Zu viel eingelaufenes Öl musste ich mit einem Papierwischtuch aufsaugen. Einmal hatte ich keine Lust dazu, und warf den brennenden Streifen einfach in die große Lache. Wumm! Es gab eine riesige Stichflamme, die mir die

Haare versengte. Dazu ein ohrenbetäubender Knall, der durchs ganze Haus tönte und die Kinder in Schrecken versetzte.

Zum Glück konnten wir nach ein paar Jahren diesen veralteten Heizverhältnissen entfliehen. Wir fühlten uns wie im Paradies, als wir im Frühling 1997 nach Bad Boll zogen, in ein neu gebautes Haus mit Gasheizung in allen Räumen - und einem großen schönen Kachelofen mitten im Wohnzimmer.

Nun verbringe ich so manchen Abend im vertrauten roten Knautschsessel, lese ein Buch und schaue immer wieder in das große Sichtfenster im Kachelofen. Dort sehe ich großartige Feuerwelten. Archaische Landschaften entstehen, zerfallen und wenn ich weitere Holzscheite auflege, tauchen neue Formen und Metamorphosen auf. Freunde lieben unsere gemütlichen Kaminabende. Im Gespräch kehren unsere Blicke dann immer wieder zu den Feuerzungen zurück, die sich in allen Rot-, Orange- und Gelbtönen zeigen, manchmal sogar bläulich werden.

Der Kreis zur Kindheit schließt sich.

Jetzt sitze ich wie damals mein Vater am Kachelofen und lasse mir den Rücken wärmen.

Fahrende Händler

Unsere Mutter mußte nicht oft einkaufen gehen. Das Meiste von dem, was wir aßen, produzierte sie selbst. Wir hatten eigenes Fleisch, Wurst und Schinken, Eier, Milch, Quark, alles Gemüse und viel verschiedenes Obst.

Das war gut so, denn es gab ja keinen Laden in unmittelbarer Nähe. Sonntags nach der Kirche gingen wir manchmal zu Diecks Alois. Geschäftstüchtig, wie er war, hatte er erkannt, dass dann immer viele Kunden in sein Lädchen kommen wollten. Mama kaufte dann mal ein Pfund Kaffee oder eine Packung Kakao.

Ganz viele Dinge des täglichen Bedarfs wurden uns sozusagen frei Haus geliefert: Dreimal die Woche kam ein Bäckerauto, einmal das von Naumann, der auch Getreide von uns bezog. Und zweimal kam Therese, eine Bäckersfrau aus dem Nachbarort. Meist erst spät abends, und dann hupte sie laut, damit wir sie auch hörten. Bei ihr kaufte Mama nur, wenn das Naumann-Brot einmal nicht reichte. Ich war dann oft schon im Bett, stand aber wieder auf und rief aus dem Fenster:

"Krieg ich noch ein Puddingteilchen? Oder eine Streuselecke?" Meistens gab Mama nach und ich bekam noch ein leckeres Betthupferl.

Auch Alois Dieck kam am Samstag Abend mit seinem blauen VW-Bus voller Lebensmittel und Haushaltsbedarf vorgefahren. Sein Bus war so vollgestopft, dass der ziemlich übergewichtige Alois kaum noch Platz hatte hinter seiner Klapp-Theke. Er wusste aber haargenau, wo jetzt gerade die gewünschten Streichhölzer oder die Rolle Klopapier oder die Backpulverpäckchen steckten.

Die Beträge rechnete er auf einem kleinen Abreiß-Blöckchen zusammen.

Auch alles, was Mama zum Waschen und Putzen brauchte, kam ins Haus. Ein Mann mit einer spiegelblanken Glatze lieferte Waschpulver, Schmier- und Kernseife, Bohnerwachs und Leinöl - und nebenbei alle Neuigkeiten aus den Dörfern ringsum.

Dann gab es eine sehr dicke, unter der Last ihrer überladenen Tasche schwer keuchende Frau, die sich ächzend auf einen Stuhl in unserer Küche fallen ließ. Dabei schimpfte sie auf ihren bequem im Auto sitzen gebliebenen Mann. In der Tasche befanden sich Bürsten und Besen aller Art, von der kleinsten Nagelbürste bis zum größten Stallbesen. Sie schaffte es immer, Mama irgendetwas aufzuschwatzen, was sie gar nicht brauchte.

Einmal im Jahr fuhr ein ganz besonderes Auto vor: es war schon mehr ein Lastwagen. Über der gewaltigen Kühlerhaube thronte die Fahrerkabine, und dahinter gab es eine richtige kleine Wohnung. Aber die sah man nicht von außen. Denn außen herum war der Wagen über und über mit Blechschüsseln, Töpfen, Eimern und Plastikgefäßen behängt. Da gab es einfach alles, von der kleinsten Blechtasse über emaillierte Nachttöpfe, Gießkannen, Waschschüsseln bis zum riesigen Einwecktopf. Schon beim kleinsten Windhauch schepperte und klapperte jedes Teil. Auf dem Dach lagerte eine Menge Körbe. Auch diese sortiert, vom kleinsten Brotkörbchen bis zum größten Wäschekorb, in den man auch einen Säugling betten konnte. Wenn es nach Regen aussah, überzog der Mann die ganze bunte Vielfalt mit einer großen grauen Plane. Das Besitzer-Ehepaar dieses Autos war wohl schon ziemlich alt, jedenfalls weißhaarig! Ein bisschen beneidete ich sie um ihr Vagabundenleben. Mittags sah ich sie manchmal auf winzigen Klappstühlen sitzend ihr Essen einnehmen. Und einmal beobachtete ich, wie die Frau morgens ungeniert ihren Nachttopf ins Gras ausleerte, bevor sie dann weiterfuhren.

Sogar Schuhe konnten wir bequem zuhause anprobieren und kaufen. Willi, ein Vetter von Mama, fuhr mit seinem VW-Bus voller Schuhwerk über die Dörfer. Wenn er von einem Modell nicht die passende Größe dabei hatte, schrieb er sich das auf und kam ein paar Tage später wieder vorbei. Ich wollte aber lieber, dass wir meine Schuhe bei seiner Frau in ihrem Laden kauften. Da gab es viel mehr Auswahl, und hinterher bekam ich das neueste Lurchi-Heft von Salamander geschenkt!

Alltags- und Arbeitskleidung kaufte Mama oft auf einem Krämermarkt, der alle zwei Wochen in der Kreisstadt abgehalten wurde. In den Ferien durfte ich mit, im Bus schaukelten wir die 15 Kilometer, Mama mit der großen Einkaufstasche. Auf dem Markt gab es auch fast alles, was die Landbevölkerung brauchte: Berge von Socken, aus Wolle oder Perlon, Unterwäsche in weiß oder rosa, mit und ohne Spitzenbesatz. Arbeitshemden und -hosen, Kittel in grau oder grün, Frauenpullis in grellen Farben und mit fantastischen Mustern.

Und daneben alles für die Küche, Messer aller Art, Scheren, Schneebesen, Backformen und wundersame Kombigeräte, die das Gemüse wie von Zauberhand zerkleinerten. Auf so was fiel Mama aber nicht herein. "So ein Tinnef", sagte sie verächtlich, wenn die Verkäufer zu aufdringlich wurden.

Während sie an den Ständen wühlte und aussuchte, blieb ich bei den Sonnenbrillen oder den Modeschmuckauslagen stehen. Aber das bisschen Taschengeld reichte hinten und vorne nicht und Mama sagte: „Kauf' lieber was Vernünftiges".
Manchmal konnte ich sie wenigstens zu einer Haarspange oder einem schicken Sommerpulli überreden.
Ein Teil des Marktes war landwirtschaftlich ausgerichtet. Hier gab es Mistgabeln und Heurechen, Sensen und Wetzsteine, Kälberstricke und Tränkeeimer. Daneben Pflanzen für Haus und Garten, Sämereien in bunten Tütchen, Fliegenspray und Rattengift.
Und Geflügel in flachen Drahtkäfigen, es schnatterte und gackerte laut und aufgeregt.
Mama suchte sich hier ihre Hühner aus; der Händler brachte sie uns abends auf den Hof.

Wenn wir endlich genug geguckt und eingekauft hatten, gab es zum Schluss eine dicke, fettige Bratwurst mit Brötchen.

Und dann warteten wir schwer bepackt und ziemlich erschöpft auf unseren Bus.

Sophia K.

Erst kalt, dann warm, dann heiß!

Die Winter im bergischen Land konnten hart sein und dauerten lange. Trotzdem hatten die Schlafzimmer in meinem Elternhaus keinerlei Heizung, auch das meiner Großeltern. Hier verlief immerhin der Kamin, aber dick ummauert; die Wand wurde höchstens lauwarm.

Opa, schon ziemlich alt und öfter mal krank, schimpfte über „diese kalte Gruft". Da half weder die Wärmflasche noch ein heißer Ziegelstein an den Füßen.

Eines Tages bekam er einen Prospekt in die Hände, in dem etwas wunderbar Warmes offeriert wurde: Eine elektrische Heizdecke! Ein für allemal die Lösung aller Kälteprobleme, versprach der Hersteller. Einfach die Decke ins Bett legen, einschalten, und eine halbe Stunde später ins mollig warme Bett kriechen. Was für ein Vergnügen würde das sein!

Freilich, billig war dieser Luxus nicht zu haben. Aber was waren schon 200 Mark angesichts einer solchen Wohltat?

Gedacht, getan. Mit dem beiliegenden Bestellschein wurde die Decke kurzerhand bestellt.

Eine Woche später brachte der Postbote ein längliches, in braunes Papier gehülltes Paket. Opa öffnete es sofort, wir Kinder standen neugierig daneben. Er nahm die dicke Rolle umständlich aus der Verpackung heraus, trug sie nach oben ins Schlafzimmer, wir alle hinterher. Oma schlug das Federbett, dann die braune Wolldecke und das Biber-Betttuch zurück, und Opa breitete die Heizdecke sorgsam auf dem Bett aus.

Hellblau mit schmalen weißen Streifen war der Stoff, er fühlte sich fest und flauschig an. Vorsichtig drückte ich ein bisschen und spürte die dünnen Drähte, die kreuz und quer zwischen den Stofflagen verliefen. An der Schmalseite hing ein Kabel heraus, mit einem Schalter für die Temperatureinstellung und einem Stecker für die Steckdose. Auf dem Schalter klebte ein Schild, rot umrandet. Vorsicht! stand da. Nicht länger als 30 Minuten auf Stufe 3 einschalten. Gefahr von Überhitzung. Noch am selben Abend nahm Opa die Decke in Betrieb - und von da an täglich. Er war hochzufrieden und freute sich:

"Am liebsten würde ich den ganzen Tag im Bett bleiben!"

Bis zu jener Nacht, in der ich - im Nebenzimmer schlafend - von Gerumpel und lauten Stimmen im Zimmer der Großeltern aufwachte. Schlaftrunken stand ich auf, es roch brenzlig. Als ich die Tür aufriss, quoll mir Rauch entgegen. Opa, durch dicken braunen Qualm nur schemenhaft zu erkennen, warf etwas Großes, Helles hinaus durch das weit geöffnete Fenster und schimpfte laut hinterher; Oma saß hustend auf der Bettkante.

Ich wagte nicht zu fragen, was denn passiert sei, schloss leise die Tür und verkroch mich wieder in mein Bett. Einschlafen konnte ich nach diesem Erlebnis nicht. Was, wenn Opa die Heizdecke nicht so schnell hinausgeworfen hätte? Womöglich hätte es angefangen zu brennen? Oder wir wären alle im Rauch erstickt?

Als ich mich am Morgen auf den Weg zur Schule machte, nieselte es kalt. Im Garten lag die angekokelte Heizdecke, nur noch ein bräunliches Häufchen.

Sie qualmte immer noch.

Sophia K.

Der Bach war unser Freibad

Die Sommer waren heiß und die Sommerferien lang, sechs Wochen lang. Vormittags half ich oft meiner Mutter, im Garten oder im Stall. Aber die Nachmittage waren so heiß, dass an Arbeit nicht zu denken war.

Und was sollten wir spielen, bei 30 Grad im Schatten? Wir, das waren vier bis sechs Nachbarskinder und ich. Irgend jemand schlug dann vor: Kommt, wir gehen baden.

Baden gehen, das hieß erst mal zwei Kilometer laufen, zum Glück im Waldschatten, das Badezeug zusammengerollt unterm Arm. Unser „Freibad" war die Bröl, ein vielleicht vier Meter breiter Bach, der sich gemächlich durchs Tal schlängelte. Im Sommer führte er nur wenig Wasser, aber nach einem Gewitterguss konnte er schnell und gefährlich ansteigen. Unser Badeplatz lag an einer Stelle, wo das Wasser besonders niedrig war. Auf der anderen Seite des Baches lag eine unserer Wiesen.

Ich hatte dort schon öfter bei der Heuernte geholfen und gespannt zugeschaut, wie das Pferd den vollbeladenen, schwankenden Heuwagen durch die steinige Furt zog.

Von der Durchfahrt an bachaufwärts wurde das Wasser allmählich tiefer. Es floss ganz ruhig und der Grund war nicht mehr zu sehen. Am Anfang unserer Badesaison verbrachten wir viel Zeit damit, das Wasser durch Aufschichten von Steinen noch etwas höher aufzustauen. Es lagen ja genügend Steine im Bach herum, oft waren sie schwer und glitschig. Wenn wir sie zu zweit schleppten, konnte es passieren, dass wir stolperten und samt dem Stein im Wasser landeten. Ich trug immer alte Schuhe im Wasser, barfuß zu laufen tat scheußlich weh.

Wenn wir dann genügend Steine geschleppt hatten, ruhten wir uns eine Weile aus. Der aufgewirbelte Sand musste sich erst wieder absetzen. In der Zwischenzeit zogen wir uns um, die Mädchen auf dem einen Ufer hinter einem Busch, die Jungs auf der anderen Seite. Die Jungen hatten nicht immer eine Badehose dabei, sie badeten dann einfach in der Unterhose. Ich hatte von meinen Schwestern einen alten Badeanzug übernommen, weißer Frotteestoff mit aufgedruckten Blumen. Das Weiß wurde schon grau, die Blumenfarben immer blasser.

Dann wagten wir uns ins tiefere Wasser. Ich brauchte immer eine Weile, bis ich ganz bis zu den Schultern eintauchte. Und ich hasste es, wenn die anderen spritzten! Die älteren der Spielkameraden, vielleicht zwölf oder vierzehn Jahre alt, konnten schon schwimmen und ich wollte es auch lernen. Helga, die Schwester meiner Freundin Luci, half mir:

„Du musst dich einfach auf den Rücken legen. Vorher kräftig einatmen und die Luft anhalten. Guck mal, so", und schwupp, lag sie auf dem Rücken und ließ sich treiben. Ich versuchte es wieder und wieder, aber wenn das Wasser in meine Ohren drang, war es aus. Sofort stand ich wieder senkrecht und schüttelte mich. Nein, so ging es nicht!

Also die Bauchlage probieren. Helga hielt eine Hand unter meinen Bauch und so paddelte ich herum, bis sie plötzlich ihre Hand wegzog. Wie ein Stein ging ich unter, kam aber gleich wieder auf die Füße, spuckte und keuchte.

So ging es viele Nachmittage lang, aber irgendwann gelang es mir, zwei Züge hintereinander zu schwimmen! Und dann konnte ich es jedes Mal besser und wagte mich immer ein Stückchen weiter ins tiefere Wasser. Wenn wir zwischendurch am Ufer saßen, weil unsere Lippen schon ganz blau waren, erzählten die Großen allerhand Schauergeschichten: von Wasserschlangen, die sie hier schon gesehen hätten oder von einem gefährlichen Strudel, der einen gnadenlos in die Tiefe ziehen könne.

Ob das wohl stimmte mit der Wasserschlange? Ich hatte bisher bloß winzige Stichlinge herumflitzen sehen. Und der Strudel war bestimmt dort, wo das Wasser ganz still stand und schwarz glänzte. Wir waren einmal am Ufer bachaufwärts gegangen, da hatte ich die Stelle gesehen, so unheimlich dunkel und ruhig unter den überhängenden Ästen. Keiner hatte sich dort ins Wasser getraut.

Wenn die Sonne uns wieder richtig durchwärmt hatte, die mitgebrachten Bonbons oder Kekse aufgegessen waren, gingen wir meistens noch mal ins Wasser.

Aber spätestens wenn die Sonne allmählich hinter den Bäumen verschwand, kamen wir heraus. Trockneten uns mit den alten Handtüchern ab und schlüpften in die sonnengewärmten Kleider. Auf dem Heimweg merkte ich dann erst, wie müde ich war und hungrig.

Sophia K.

Neulich im Sportgeschäft

Ein Ehepaar nähert sich dem Eingang. Sie bleiben stehen, schauen an der gläsernen Fassade hoch.

„Sollen wir wirklich DA rein?", fragt er misstrauisch.

„Klar", sie schubst ihn ihn ein bißchen von hinten, „da finden wir sicher, was du brauchst." Endlich drinnen, bleiben sie erstmal wie gebannt stehen, es ist alles so schrecklich bunt hier: Schreiendes Rot, giftiges Grün, leuchtendes Blau, dazu Gelb, Lila, Pink, Orange in allen Schattierungen, ein verwirrendes Mosaik!

„Wir müssen weiter nach hinten, da ist es, glaub ich, nicht so aufregend", sagt sie und geht mutig voran. Im Vorübergehen prüft sie die Stoffe der unzähligen Jacken, Hosen und T-Shirts mit den Fingern. „Alles Plastik", flüstert sie verächtlich. Weiter hinten ist es wirklich ruhiger, wenigstens fürs Auge, die unsichtbaren Lautsprecher plärren auch hier ihre ewige Dudel-Musik. Viel Schwarz jetzt, Grau, Dunkelblau. Wenig Publikum. Eine Verkäuferin bietet ihre Hilfe an.

„Was darfs denn sein?" Ihre langen grell-roten Fingernägel glänzen.

„Na, so ne Trainingshose", sagt er,

„Für die Reha", ergänzt sie.

Fingerfertig zieht die junge Frau vier, fünf Hosen aus der langen Reihe.

„Hier leg ich ihnen mal was raus, die können Sie gleich anprobieren, da links ist die Kabine."

Er verschwindet hinter dem Vorhang. Langwieriges Aus- und Anziehen der verschiedenen Hosen. Die eine ist zu lang, die andere zu weit oder zu eng, hier kein Reißverschluß an den Taschen, da zu auffällige Streifen an der Seite.

Endlich kommt er mit einem mittelgrauen Modell aus der Kabine, den Gummibund vorn fast bis zur Brust hochgezogen. „Ich glaub, die passt, oder?" Seine Frau guckt stirnrunzelnd:

„Da stimmt doch was nicht mit dem Schnitt?"

Die Verkäuferin kommt dazu und schaut konsterniert:

„Die KÖNNTE vielleicht passen, aber Sie haben sie falschrum an!!"

Ach so ...

Paul

Irgendetwas war anders. Ich brauchte einen Augen-
blick, um zu verstehen, was. Plötzlich die Erkenntnis:
Paul war nicht mehr da.

Wie konnte das passieren? Was war geschehen?

Paul ist ein Rabe aus Bronze in Lebensgröße. Ich hatte
ihn, der versteckt hinter einer offenstehenden Tür saß,
vor einigen Jahren bei einer Austellungseröffnung getroffen. Wir waren uns auf Anhieb sympathisch, aber
Paul kostete eine runde Summe und was wollte ich mit
einem Bronze-Raben. Es gab Häppchen, lobende Worte und eine angemessene Würdigung des ausstellen-
den Künstlers Gerold Jäggle. Der ist in der Gegend
insbesondere als Gestalter von Brunnen kein Unbe-
kannter. Man plauderte miteinander und mit dem
Künstler, und immer wieder zog es mich zu dem Ra-
ben hin. In den Tagen, die auf diese Begegnung folg-
ten, ging er mir, in meinen Gedanken hieß er längst
Paul, nicht aus dem Kopf, und eine Woche später fiel
der Entschluss: Er wird mein Mitbewohner.

Der Künstler ließ es sich nach dem Ende der Ausstellung nicht nehmen, Paul persönlich in seinem neuen Zuhause abzuliefern und brachte auch gleich einen passenden „Hochsitz" mit, einen dicken Ast von mehr als einem Meter Länge, den er in meinem kleinen Garten hinter der Terrasse tief in den Boden eingrub und Paul darauf verankerte.

So saß er jahraus, jahrein auf seinem Platz und begrüßte mich morgens, wenn ich noch schlaftrunken durchs Fenster schaute. Im Sommer lugte er verschmitzt durch die hochgewachsenen üppigen Rosenbüsche, im Winter sah er unter einer hohen Schneehaube richtig würdig aus. Es wurde eine liebe Gewohnheit, morgens als erstes Paul zu begrüßen; er schien dieses Ritual ganz selbstverständlich zu erwarten.

Und jetzt war er weg, einfach verschwunden.

Ich zog Schuhe an und ging die vier Stufen in den Garten hinunter. Dort fand ich ihn, hingestreckt auf dem Weg. Der Ast, der ihm all die Jahre als Sitz gedient hatte war offensichtlich, von mir unbemerkt, so morsch geworden, dass er samt Paul auf die Seite gekippt war. Ich befreite den Schwarzen aus seiner misslichen Lage - zum Glück hatte er den Sturz gut überstanden und war unversehrt - , tröstete ihn und versprach, einen neuen Hochsitz zu besorgen. Fürs erste bekam er einen Lagerplatz in einem Blumentopf.

Monate vergingen. Ich gewöhnte mich an die veränderte morgendliche Perspektive und dachte wenig an meinen Gartengenossen, der Arme konnte sich gegen das Vergessen nicht wehren.

Eines Tages wurden ganz in der Nähe mehrere alte Bäume ausgelichtet. Da fiel mir Paul wieder ein. Unter den abgesägten Ästen schien mir einer geeignet und transportabel. Was folgte, war nicht so einfach wie gedacht, aber mehrere Freunde halfen.

Nun sitzt Paul wieder an seinem Stammplatz und blinzelt altgewohnt spitzbübisch vor sich hin. Für uns beide ist die Welt wieder in Ordnung.

Tatjana D.

Ich wollte eigentlich nur atmen

DONAU-RADWEG 2005

Mit einer befreundeten Familie fahren wir von Donaueschingen nach Ulm. Gleich zu Beginn Störche auf einer Wiese. Wie anders erlebe ich die Landschaft vom Drahtesel aus, viel unmittelbarer.

Die vierte Übernachtung im Gasthaus in N... ist jedoch kein Erfolg. Die ganze Nacht lärmt Radiomusik direkt unter unserem Bett und unterbricht quälend Schlaf und Träume, immer wieder. Am Morgen bin ich unduldsam, meckere die Kinder an, weil sie ihre Sachen nicht schnell genug packen, dann steigen wir auf die Räder – und sofort habe ich wieder gute Laune. Mich bewegen aus eigener Kraft!
Unterstützt von dieser wunderbaren Erfindung, die die Kraft der Beine so genial in drehende Räder, in Fortbewegung umsetzt! Selbst die Entdeckung, dass meine Fünfjährige sich schon die ganze Zeit gemütlich ziehen lässt, statt auf ihrem Tandemanhänger mitzu*treteln*, verdirbt mir nicht auf Dauer die Stimmung. Zu sehr

genieße ich die duftende Luft, das Grün, den Fluss mit seinen Wandlungen, den Fahrtwind. Meist geht es bergab, ich liebe Flusswanderwege!

Paul-Krause-Straße 1967

Am neunten Geburtstag steht es endlich da: Ein Fahrrad. Neu! Mitten im Wohnzimmer. Nie mehr zur Schule rollern und von Klassenkameraden verspottet werden. Endlich mit den anderen auf dem Gehweg um die Wette pesen (und vom alten Herrn Bühler ausgeschimpft werden, der nichtsahnend aus seiner Gartentür kommt). In der Dämmerung rasend schnell mit Dynamo das Licht auf größte Helligkeit bringen, bis die Straße leider zu Ende ist.

Lernen, zwischen zwei eng stehenden Pfählen durchzufahren. Lernen, die einzige flache Stelle der damals nirgendwo abgesenkten Bürgersteige zu treffen. Ein paarmal hinfallen, weil das Vorderrad nicht im richtigen Winkel auf den Kantstein getroffen ist, dann den Winkel für immer kennen und jedes Mal richtig erwischen. Lernen, ein Herbstblatt mit dem Vorderrad zu treffen, die Befriedigung, wenn es leise knistert.

Um den Schlachtensee fahren und an der Stelle mit dem tiefen Sand nicht absteigen müssen, sondern durchkommen, ohne abgebremst umzukippen. Durch Matsch fahren, bei Regen nicht zu scharf um die Kurve, und schon gar nicht beim Abbiegen bremsen!

UNFÄLLE

Nein, das Hinfallen macht natürlich keinen Spaß. Es sind die Sechziger Jahre: Wir Kinder haben alle immer irgendwo eine Schürfwunde. Oder mehrere.

Ich wurde gewarnt:

„Nie eine Tasche an den Lenker hängen. Sie könnte zwischen die Speichen geraten!"

Das klingt genauso nervig und sinnlos wie die anderen Ermahnungen der Erwachsenen. Außerdem gibt es Fahrradkörbe noch nicht, und die Gepäckträger sind immer locker, die Feder der Klammer ausgeleiert, da hält nichts.

Was es genau bedeutet, erfahre ich mit etwa zehn Jahren, als eines Tages mein Stoff-Turnbeutel, natürlich an langer Schnur am Lenker hängend, in die Speichen des Vorderrades kommt. Übergangslos reißt es mich vorwärts, wirft mich mit angezogenen Beinen über den Lenker des abrupt gestoppten Fahrrades hinweg, ich sitze auf der Straße neben dem umgefallenen Rad, versuche im Kopf die Horizontale wiederzufinden und frage mich, was eigentlich passiert ist.

Ein paar Schürfwunden und leichte Prellungen. Tut weh, hätte aber schlimmer kommen können. Ich schiebe nach Hause und bin beeindruckt von der Kraft, die ich offenbar in die Fahrradbewegung schicke. Das also war gemeint mit der Warnung.

Wann wurde der Gepäckträger ausgetauscht? Ich weiß es nicht. Wie man sein Fahrrad in gutem Zustand hält und wie toll das ist: Immer ein stramm aufgepumpter Hinterreifen - das kam viel später.

Die netten Jungs

„Kannst du mal nach meinem Rücklicht gucken? Super, das ist so nett!"

Natürlich will ich es lernen. Manche der Hilfsbereiten zeigen auch Tricks. Den Schlauch, der schon wieder platt ist, in eine Wasserschüssel halten, Bläschen zeigen die durchlöcherte Stelle an. Irgendwann gibt es Blitzventile zum leichteren Aufpumpen. Beim Fahrradgeschäft hängt draußen sogar ein Schlauch mit Druckluft, dort halte ich gerne mal an.

Aber die verölten Finger nach eine Reparatur wieder sauberzubekommen, dauert lange und die ganze Tätigkeit steht der Freude an gepflegten Fingernägeln doch im Wege. Als Berufstätige werde ich Stammkundin bei einer netten Werkstatt und habe nun statt fla-

70

ckernder Funzel immer eine komplett funktionierende
Beleuchtung. Noch ein paar Jahre später kümmert sich
der netteste Mann der Welt darum ...

KINDER, RÄDER, AUTOS

Heute muss ich die ewige Angst bekämpfen, wenn
meine Kinder mit dem Fahrrad unterwegs sind. Nein,
sie sind nicht mehr klein, und ja, sie haben die Fahr-
radprüfung vor vielen Jahren erfolgreich absolviert
und die Räder sind in weit besserem Zustand als unsere damals. Ja ... aber ich weiß inzwischen, was alles
passieren kann. Helm tragen? Auch aus diesem Alter
sind die Kinder heraus, als wir Eltern das durchsetzen
konnten.

In vielen Jahren auf Freiburger Straßen habe ich ge-
lernt, wie Autofahrer ticken. Trage seitdem helle, re-
flektierende Kleidung. Fahre in großem Abstand an
parkenden Autos vorbei, um nicht in eine plötzlich
aufgerissene Fahrertür zu prallen - fahre am besten in
der Straßenmitte, um gesehen zu werden. Vor allen
Nebenstraßen, Einmündungen, Hauseinfahrten brem-
se ich ab. Und immer Blickkontakt zum Autofahrer!
Auch der Blick auf die Motorhaube kann helfen: Senkt
sie sich ab, bremst der Fahrer, hebt sie sich, beschleu-

nigt er, dann kapituliere ich aus Mangel an Rüstung. Nie mehr Einbahnstraßen verkehrt herum, außer es ist ausdrücklich für Fahrräder erlaubt. Und *nie, nie* den Fahrradweg in der falschen Richtung. Denn Autofahrer gucken nur in die Richtung, aus der man erlaubterweise kommt.

Mit 24 der Führerschein, nach sechs Jahren aktivem Protest gegen den Autoverkehr. Die Radfahrerperspektive kenne ich doch genau und erschrecke gerade deshalb darüber, wie schnell ich am Lenkrad die Rolle wechsele. Vor Engstellen bin ich versucht, den Radfahrer vor mir noch schnell zu überholen. Schon vergessen, wieviel mehr Kraft in dem Auto steckt, das ich lenke, und wie ungeschützt die Haut von Radfahrern ist?

Mehr Unfälle

Berlin, Leibnizstraße Ecke Kantstraße, eine große Kreuzung im Westberlin 1983. Mein Heimweg von der Buchhandlung, in der ich jobbe. Habe eingekauft und starte bei Grün kräftig durch. Plötzlich kommt mir – mitten auf der Kreuzung - wieder der Horizont abhanden. Alles dreht sich. Dann sitze ich auf dem Pflaster, Fahrrad und Einkäufe um mich verstreut. Diesmal ha-

be ich mitsamt dem Fahrrad einen Purzelbaum gemacht. Kein Autofahrer ist beteiligt. Wieder hat eine
Tasche sich zwischen die Speichen gebohrt – und diesmal auch die abgebrochene Pedale in meine Wade. Wie
so oft beim Hinfallen – noch dazu als Erwachsene –
empfinde ich keinen Schmerz, nur Peinlichkeit, stehe
auf und schiebe nach Hause.

1989 in Freiburg, Kaiser-Joseph-Straße stadtauswärts
Richtung Dreisam. Ich habe es gut im Gefühl, wenn
mich ein Auto überholt, direkt danach Links-Schwenk,
um parkenden Autos auszuweichen. Nicht bedacht habe ich Autoanhänger. Diesmal ist es ein großer hollän-
discher Wohnwagen, der mich auf einmal in
unangenehmer Beschleunigung vorwärtsschiebt. Wohin ausweichen? Irgendwie schleudert es mich an den
Straßenrand, der Fahrer steigt aus und erkundigt sich
erschrocken, wie es mir gehe.

„Alles in Ordnung, nee ist schon ok. Danke fürs Fragen."

Hoffentlich hat kein Bekannter das gesehen. Anschei-
nend nicht. Ich schiebe nach Hause und versorge die
Wunde am Fuß. Wieder Schweineglück gehabt; mein
Kopf ist jedes Mal verschont geblieben.

Dieser Holländer war übrigens nicht typisch. Wie oft

haben mir Freunde von Unfällen erzählt, nach denen sie, noch auf der Straße liegend, von den Verursachern rüde beschimpft wurden.

RÜCKBLICK: KAMPF-RADLER

Ich bin eigentlich keiner. Gewöhne mir nur an, verbal gegenzuhalten, wenn mir wieder einer die Vorfahrt nimmt. Ich fahre korrekt, nehme wenig Platz weg, verbreite keine nennenswerten Schadstoffe, mache kaum Lärm, trotzdem stört es viele Autofahrer, dass ich da bin mit meinem Rad.

Ja - an den Stürzen war ich jedes Mal selbst schuld.

Aber da sind noch die unzähligen Beinahe-Unfälle, die nur durch blitzschnelles Bremsen oder Ausweichen verhindert wurden.

Und wie erbittert es mich, wenn ich — kräftig tretend an einer Steigung - konzentrierte Autoabgase einatmen muss (vor Katalysator-Zeiten, also noch mit reichlich Schwefeldioxyd und Kohlenmonoxid gewürzt).

Kampf-Radler? Ja, ich bewunderte sie. Mir fehlte der Mut, mich so energisch zu wehren. Aber mit der Faust auf ein an der Ampel wartendes Autodach hauen, dessen Fahrer einen gerade wieder einmal in Lebensgefahr gebracht hatte, ohne sich darum zu kümmern —

das tat einfach gut! Wohin sonst mit der Wut? Nicht immer nur ohnmächtig sein! Köstlich, wie sie dann um ihr Gefährt und den heiligen Lack bangten. Ich hatte noch nie im Portemonnaie gespürt, wie teuer es ist, ein Auto zu besitzen. Wollte ich auch gar nicht.

Ich wollte eigentlich nur atmen, mich bewegen, und möglichst nicht vom Rad geschubst werden. Aber das war zuviel verlangt.

Mein Bruder betätigte sich damals so erbittert als Kampf-Radler, dass wir Angst um ihn hatten. Mehr als einmal stiegen erboste Autofahrer aus und forderten ihn zu einer Schlägerei heraus. Er boxte nicht nur auf Autodächer, er trat kräftig gegen Türen. Oh wie schlimm! Aber über unsere Haut regt sich niemand auf, ihren Wert kann man nicht so gut ausrechnen ...

RÜCKSPIEGEL

Eine junge Frau, die ich sehr mag, macht den LKW-Führerschein. Alle nicht rollenkonformen Berufswege finde ich, Kind des Feminismus der siebziger Jahre, nur gut.

Lasse mir erzählen, was man da alles lernt und wie kompliziert die Prüfung ist. Beeindruckend. So ein Riesending zu beherrschen ist ja auch eine Mords-Herausforderung. Allein schon das Rückwärts-um-die-Ecke-Fahren mit Anhänger! Nach meiner Erfahrung können nur Männer es irgendwie von Natur aus – aber streichen Sie das, stimmt sicher nicht.

Dann kommen wir auf das Rechtsabbiegen zu sprechen. Ich erinnere mich an eine andere Kreuzung in Berlin, dort hing lange ein großes Plakat, an der Stelle, wo ein Achtjähriger leider von einem rechtsabbiegenden LKW überfahren wurde. Sein Vater radelte vor ihm. Der einzige Fehler, den der Junge machte, war: Er wollte geradeaus. Ich habe oft daran gedacht, was der Vater sich für Vorwürfe gemacht haben muss, dass er den Sohn nicht über die Kreuzung leitete. Seit ich selbst Kinder habe, weiß ich: Man kann nicht jede gefährliche Situation vermeiden. Und Kinder müssen ja auch selbstständig werden.

Neurotisch schaue ich mich im Auto seitdem vor dem Rechtsabbiegen zwei-, dreimal um. Diese Radfahrer sind so verflixt schmal. Und wenn sie dann auch noch klein sind ...

Ich frage meine junge LKW-Fahrerin:

„Was macht ihr denn inzwischen mit diesem Problem?"

„Nichts. Da kann man nichts machen."

„Wie, nichts machen? Lässt man es einfach so? Kann man keine größeren Rückspiegel nehmen? Oder sich noch öfter umgucken?"

„Das bringt nichts. Wenn du rechts hinter dem LKW fährst, *kann* er dich einfach nicht sehen. Das ist leider so."

Ich fasse es nicht.

Ausgerechnet dem LKW-Verkehr, der zum großen Teil sinnlos Dinge hin- und herfährt, müssen Opfer gebracht werden?

BERLIN 2013

Meine Tochter studiert in Berlin und fährt regelmäßig mit dem Fahrrad zur Uni.

„Mein Auto nehme ich nicht mit, das brauche ich ja in Berlin nicht." Fand ich natürlich gut.

Ich besuche sie, bekomme ein Fahrrad vom Mitbewohner geliehen, wir fahren durch Berlin-Mitte, für mich ist das *Ostberlin*, das ich, Westberliner Kind aus Mauerzeiten, kaum kenne. Sie zeigt mir ihre Humboldt-Uni und andere schöne Ecken, und ich bin froh: Sie passt im Straßenverkehr gut auf und bewegt sich sicher.

Später im Café erzählt sie von einer gefährlichen Situation, die mich komischerweise trotzdem nicht beunruhigt.

Ein parkender Autofahrer hatte vor ihr seine Fahrertür aufgerissen. Sie musste dramatisch bremsen und abspringen.

Ein entgegenkommender LKW-Fahrer hatte das gesehen und brüllte empört durch sein offenes Fenster den Fahrer an:

„IS DIT 'N FAHRRADFAHRER ODER WAT!"

Genau.

Einblick in die Schreibwerkstatt

„Schreibe über TÜREN in deinem Leben."

Aus dieser Aufgabenstellung entstand in einer Art Brainstorming folgende Ideensammlung:

- Kinderzimmertür
- Balkontür
- Holztür Plumpsklo in Omas Garten
- Haustür Pauliner Straße
- Haustür Groninger Straße – das Geräusch beim Aufschließen
- Probleme mit Schlössern - Einbrüche - Alarmanlage
- Abschied 2011
- Haustür Oranienstraße: Rettung
- Wohnungstür Kemptener Straße: Perfekte Isolierung
- Kinder lernen, Türen aufzumachen - Klinke ummontiert
- Die Türen, die man nicht öffnen darf

- Die Tür für immer hinter sich schließen - Umzüge

- Tor bei Hinrichs - Angst vor fremden Türen

- Gartentür Elternhaus - Draufklettern freundliche Höhe dafür - dazu Foto der Jungs

- Schild an der Gartentür Elternhaus - jetzt beim Bruder

- Schultüren - verschlossen - Schlüssel haben ja oder nein - Lehrerzimmertür - als Schülerin - als Lehrerin

- Türen am Baptisterium in Florenz

- Einschüchternd hohe Türen ohne Klinke und ohne Funktion am Bundes-Wirtschafts-Ministerium - früher oft so gebaut, Herrschaftstechnik

- Tür zum Kabuff

- Schranktüren, die klemmen

- Glastüren, gegen die man rennt

- Finger klemmen in der Tür/ unter der Tür - Krabbelkinder

- Terrassentür

- Erste selbst öffnende Türen am Flughafen Tempelhof. Gefühl der Moderne. Etwa 1970?

- Was spielen Kinder alles mit Türen: Auf geöffneter Gartentür sitzen und hin und her schwingen.
- Türen und Sinne: Hören, Sehen, Tasten, Bewegungssinn, Gleichgewicht, Riechsinn, Geschmack (an Metall lecken, Kind)
- Drehtüren, sind oft kaputt - kurzes Eingesperrtsein
- Tür wütend zuknallen - kaputt - Wer repariert?
- Stabile Altbautüren, Klinken schön verziert, geschwungen, aus Messing
- Tür des Gartenhauses: Von innen Wespennest
- knarrende Türen
- quietschende Türen
- lautlose Türen (Radenbach, schlafendes Baby)